冬《ふゆ》芽《め》

打矢 京子

shiori

遠い未来の昔

一ノ関忠人

『冬芽』の世界を俯瞰的にとらえた歌をまず引こう。

雪しろを遠くはこびて来し川の終はりて海とひかり溶けあふ

それぞれのかたち異なる池塘群ひとしく空の青さを宿す

山からの雪融け水を運ぶ川が、やがて海に光とともに流れ入る。冠雪した山が遠く望まれ、そこから蛇行してくる川の姿が見えてこないだろうか。さらに大小それぞれに空を映す池塘の点在する湿地帯。作者は秋田県由利本荘に住む。その土地ならではの風景である。さらにこの地には冬、白鳥が飛来する。冬の厳しい北の土地である。

寒の日の浜辺の丘に建つ墓のみなひとかたに雪の張りつく

深深と雪に埋れてへだてなし生者の家も死者のみ墓も

いましがたすれ違ひたる村人の姿を閉ざし雪ふりしきる

吹きつける雪に片側だけが白くなる丘の上の墓地。ふりしきる雪にすぎゆく人の姿がたちまちに失われるどこか水墨画のような時間。雪に埋もれて区別のない生者の家と死者の墓。作者が捉えたこの世界のリアルな冬の姿である。圧倒的な雪の凄みを知らない私どもには、理解はできるが、心の底から分かるとは思えない。

震災の瓦礫散らばる街川に白鳥一羽こゑなく浮かぶ

母逝きしこの世の冬の夕空をこゑはろばろと白鳥わたる

雪の田のみづからの影吸ひあげて白鳥幾羽空へ飛び立つ

白鳥もただ美しいわけではない。秋田も震災に襲われ、天災や事故、肉親の死や、家族の病気などの不幸の経験もこの作者にはある。それが人生というものだ。しかし、白鳥は年々に寄り来る。ここはそういう土地だ。そして定期的に寺や神社に集まり、報恩講、親鸞講がある。

唱へあふ和讃しづまる堂うちに再び透るうぐひすのこゑ

この土地にも春が訪れる。こうした歌を読んでいると次第に共感のようなものが心の内に育っていることに気づく。格別に厳しい冬であり、起伏のある四季である。風土への密着度が近ければ、感情も激しくあって不思議はない。それがきわめて冷静、そして穏やかな調べ、規矩正しい文語体。この土地での生き方を肯定したものならではの歌の強さが思われる。

どこか異世界のようにも感じながら、私の根の一つに流れる秋田の血がうずくのか、妻の実家が北信濃の真宗寺院であることによるのか、私もまた伝統的な歌のかたちを守りつづけたい歌人であることが反応するのか。こうした要素がからみあい、おそらく北の国の現実世界でありながら、異世界のごとき静的《スタティック》な印象の強いこの歌の世界に感応するのだろう。この歌集の世界は、単なる現在ではない。一冊の歌集になるまでにも幾度も同じような過去が積み重なっている。それが未来へとつづき、そこにまた同じような人生がある。循環、複層化する時間・空間が「遠い未来の昔」をつくる。だからだろうか、どこか恐ろしいものを感ずるのだ。生きているのは風土の方で人は何ほどのものではないと。それがこの歌集の魅力の根基であろう。

和讃のひびく「村」

黒瀬　珂瀾

　一切の穢れを払ふありさまに白くまばゆし鳥海山は

清らかな雪を頂き、白く輝く鳥海山。その厳容は単なる名山としての風格を越え、日々眺めて生きる者の心をとらえる霊威に満ちている。作者はそこに、人世の濁りを払いのける崇高なる精神性を見ているのだろう。「白くまばゆし」は、とおい憧れとしての輝きである。

現代短歌社賞の選考会でも、『冬芽』における〈ひかり〉への偏愛は俎上に登った。

　みづからを風にあづけて白鳥がひかりを満たす湖へ近づく

　午後の日の光あふるるわたつみへ蛇行を終へてゆく川のみゆ

　ひらきゆくみづからの音聞きゐんか白光冴ゆる牡丹の花は

　この海に漂ふ御霊を慰めよ白き浜菊光を延べて

例えば右のような歌。一、二首目は本来は自然詠だが、ひかりの湖へ導かれる「白鳥」や、光の海に溶け込む「川」の様子に、私たち人間の命や生涯を重ね合わせることもできる。それはやはり作者の内部に「ひかり」への強烈な希求があるからだろう。雪深い北の地に暮らすがゆえだけではない。花開く牡丹は輝きをまとい、浜菊は光を差しのべて震災の死者を慰める。汚れなき存在、より良き心を追究する姿勢に、読者は自然と心を打たれる。

　しろがねの月光降ると思ふまで礼賛無量寿の合唱ひびく

屋号にて呼び交はしつつをみならが親鸞講の斎の膳作る

曇りたる朝の空気をひらきつつ和讃のこゑが堂より聞こゆ

その根底には、極楽浄土を思う浄土真宗的な信仰がある。一首目の「礼賛無量寿」は真宗大谷派の仏教賛歌で、親鸞聖人御作の正信偈の最初の二行を美しい旋律で繰り返し歌う。永遠の命である阿弥陀如来への帰依心が、光の中へ昇華されゆく。二首目、お寺を中心とした、密接なコミュニティの姿。屋号で呼び交わすのは、苗字を同じくする類縁の住人が多いからだ。三首目、これは浄土和讃だろうか、声を合わせることの麗しさが、清らかな朝を呼ぶ。

読み進めていて、ふと目頭が熱くなる。この国から少しずつ失われようとしている、「村」の息遣い。やさしく、懐かしい、民俗の根源ともいうべき詩情――。『冬芽』を読む人は、短歌というものが日本語圏に存在し続けてきた理由の一端を、改めて知ることになるだろう。

持ちゆける鰤田楽よろこびて臥しゐし母が身を起こしたり

人人と祈りつなぎてともしびの明かきみ堂に年の瀬を越ゆ

深深と雪に埋れてへだてなし生者の家も死者のみ墓も

家族、村、そして生者と死者。人と人とのつながりが静かに、心豊かに詠われる。施設の母を喜ばせる「鰤田楽」、修正会を勤める御堂、雪と墓、あらゆる素材から、命の善性が見いだされてゆく。そう、あの鳥海山のかがやき、そしてこの歌集に満ち満ちたひかりは、すべての人が行きつく〈浄土〉そのものなのだ。この国で急速に情報社会化、経済都市化が進む現代にこそ、素朴な信仰と生活に繋がれた「村」を描いた『冬芽』一巻は読まれねばならない。

風土と時間

阿木津　英

ひと冬の地中のちから一斉に噴くか明るくクロッカス咲く
砂浜に凍りつきたる風紋の昨日の時間が朝の日に照る
軽やかにおのれを解きて裏山の桜の花が風に吹かれ来
大型店ありし空地に咲きみちて咽ぶばかりにあかしあ匂ふ

歌集『冬芽』をひらいて、作者（＝作中主体）のなにがしかの生活ドラマとか鮮やかな言語操作とか、わたしたちの見慣れた歌の世界を期待して読むとき、たぶん歌の技術のうまさは感じてもすぐに退屈になってしまうだろう。この歌集に、生活世界を展開したり、心理を暴いたり、物語や夢を繰り広げたりするような〈主人公〉は存在しない。

強いていうなら、この歌集の〈主人公〉は、作者主体の溶け込んだ風土そのものである。「風土」とは、中国起源の古いことばで、季節の循環に対応する土地の生命力をいうそうだ。厳しい長い冬に耐えながら地中にやしなってきた力が一気に噴きあがって春がやってくる。裏山の桜の花もようやくおのれを解放してさざめくように軽やかに風に揺れる。年どしの循環の時間のなかに、砂丘に凍りついた昨日の風紋が今朝のひかりに照らされ、小さな循環の時間がめぐる。土地の生命力に養われながら、そこに居ついた人びとも誕生と老いと死を繰り返す。だから、ここでの〈主人公〉は、時間でもある。こういう時間に割り込んで来る今どきの大型店の進出ですら、たちまち循環する季節に呑み込まれてしまう。

まなうらに如来さやかに見ゆらんか父は臥しつつ念仏唱ふ

屋号にて呼び交はしつつをみならが親鸞講の斎の膳作る

曇りたる朝の空気をひらきつつ和讃のこゑが堂より聞こゆ

笑ひあふをさなとわれを行き来する母の形見のお手玉いくつ

「土俗」とか「民俗」とかいうような色づけは、むしろ鑑賞の邪魔になる。そんな、いかにも日本的ドメスティックな文脈で読んではならない。

和讃の声や、古家のうちに寝ついた老父の口から洩れる念仏の声は、厳しい冬の積雪や、凍りつく砂浜や、春の噴き出すクロッカスや桜や、そんな土地の風景に織り込まれた、かいま見える断片的な背景にすぎない。人びとの暮らしは、風土のなかに織り込まれている。そこに哀歓がかげろうのようにたちのぼる。

夜の空をこゑ移りきて白鳥が街の灯りにたまゆら浮かぶ

雪の田のみづからの影吸ひあげて白鳥幾羽空へ飛び立つ

風土に織り込まれたような人びとの暮らしにとって、彼方から渡ってくる白鳥は異界の使いでもある。異界へのおそれとあこがれが白鳥に投影される。

イラン映画や、アジア映画や、名監督のこんな映画を見たことがあるだろう。このような主題は、近代産業革命以後の人間中心主義の反省から、現代世界にひろく共通し、いよいよ大切なものとなっている普遍的な主題の一つなのだ。「土俗」「民俗」への関心もそこに端を発するのだろう。固定した感じ方から解放されて、この『冬芽』のうつくしい風景を異邦人のまなざしで見渡してみてほしい。

gendaitankasha

冬芽

打矢京子

Fuyume

Kyoko Uchiya

現代短歌社

目次

冬芽

父の靴

満月の虹色の暈おほらかに傾ぎて春の風吹きわたる

山の端を離れて光増す月がいま白樺の若葉を照らす

病み臥して施設に長き父の靴を持ち帰りたり罪負ふごとく

いつの日も白杖つきて朗らかに歩みし父の革靴を拭く

暮れがたの風とだえたる庭に来てわが動くときあかしあ匂ふ

窓近く巣ごもる鳥はこの夕べつるばらの香に包まれゐんか

鬱鬱とわがをりし間に太りしか青き梅の実手をのばしもぐ

雑踏をゆきつつ想ふ去り際の涙にじみてをりし眸を

なごやかに家族をりしか展望台の窓に大小の手のひらの跡

形代

再会は縁にゆだねてカナダへと帰る乙女を両手に抱く

手を振りて別れを惜しむ胸うちのあたたかきもの互みなるべし

親しみしひぐらしのこゑうら盆のみ魂送りしゆふべ聞こえず

昨日の夜の雨に倒れしぎぼうしのはなはひすがら蜂を誘ふ

高原の午後ふく風にこすもすの花の靡けばひかりなづさふ

うち続くすすきの丘をゆく人はさながら波のあはひ漂ふ

しろがねの月光降ると思ふまで礼賛無量寿の合唱ひびく

ことごとく枯れたる草は陽をうけてみづからになき金色放つ

ひもすがらしどろに揺らぎゐし草の雪を被きて柔らかに伏す

冬越さん力こもりて沢ぐるみの尖る芽あまた曇天を突く

うつしみのけがれ吸ふとふ形代が社の川にあまた漂ふ

暗き筋

まなうらに如来さやかに見ゆらんか父は臥しつつ念仏唱ふ

言葉より濃密にして温かき人の手われの冷ゆる手包む

海わたり来たる吹雪に竹叢の幹を打ちあふ硬質の音

暗き筋いくつ垂らして天と地をつなぐ雪雲野のはてに見ゆ

林檎煮るかをり漂ひくる部屋に子とをみなごの訪れを待つ

青深く昏るる頃ほひあたたかき言葉のごとく灯台ともる

とき長く高原の雪明るみて濃き夕映えは春のことぶれ

蕗の薹つむ人みれば光あるあはき緑をやさしく掬ふ

浜丘

廃れたる牧場の地にほしいまま光を展べて菜の花の咲く

傷心の子を励ましていふ言葉おのづからわが心を支ふ

亡き人の植ゑし桜の花満つる下を棺は運ばれてゆく

亡き人の熱きみ骨を拾ひきてあふぐ桜のうつつともなし

勤めゐし社屋の失せて広らなる敷地に春の雨降りそそぐ

人界の塵に輝き失へる日がおもおもと街空に浮く

夕かげに花房照りてあかしあは深き祈りのごとく静けし

吹き渡る風を浄めん朴の木の青空ちかきひた白き花

浜丘にとほく続きて夏草は輝きながら風にしたがふ
淡青のみづの静けきさいはての入江を遠き世とも思ひつ

風にあづけて

風渡る野のラベンダーゆらゆらと夕べの闇にまぎるる頃か

とどこほる想ひ押しやるありさまに朝の山は雲を払ひつ

みづからのけふの重さに揺れながら萩は真白き花こぼしをり

いとま告げゆきたる人も仰がんかいまさしのぼる豊かなる月

まなしたの朝の街に生活の澱のごとくに靄とどこほる

ひだまりの草に止まりて憩ひゐし蝶はこの夜いづこに眠る

みづからを風にあづけて白鳥がひかりを満たす湖へ近づく

息を吐くごとくに見えて夕風に黄葉放つ公孫樹大樹は

手際よく塩をふりつつ老い母は腰を屈めて鰊を漬く

ひとたびは溶けたりし雪凍てつきて真白き月の光をかへす

ひと冬の地中のちから一斉に噴くか明るくクロッカス咲く

帰省して子が設置せし簡易灯ともして小屋に漬物を出す

春の日の光たゆたふ海の香をあふりてゆるく風車のまはる

みづからの位置確かむるありさまに鷺が脚にて沼の餌探す

太古より残る大気か新緑の香のあらあらとみつる樹海は

いちはやく暁の闇はらひたる朴の木の花ゆらぐともなし

さながらに光を揉みてビルの間の桜の青葉ひすがら戦ぐ

盛夏へと移るはざまの声ならん朝のうぐひす夕のひぐらし

わが仰ぐゆたけき月を伴ひて子の乗る飛行機飛び続けゐん

留守の間に仏前の百合咲きたらん玄関さきにその香の届く

傷ある柿

みづからを励ます夫よ唐突に行進曲を歌ひつつ立つ

いくたびも腰のばしつつ老い母が摘みけん菊を慎みて食ぶ

遠離るもののごとくに峰いくつおぼろになりて霧の流るる

亡き父の植ゑし木なればこの秋の傷ある柿も墓前に供ふ

壊れたる居間の戸見つつ思ひ出づ家族揃ひしかへがたき日日

つつがなく小鳥発ちしか壊れたる鳥の巣が地の上を吹かるる

屋根ちかくゆく白鳥の羽ばたきの脈動のおと親しみて聞く

ぞんぶんに真冬の冷えを蓄へて甘さ増したる馬鈴薯を食む

荒びにし風の憩ひし処にや吹き溜りたる雪を掻きゆく

昨の夜のとき剝ぐごとく次次と滝の氷が岩肌を落つ

差し障りなきやうにその場しのぎたる己の言葉次第にうとむ

死の後は何処にゆかんと呟きて酔へる息子は眠り始めぬ

滝のおと

みづからを放ちてやまぬ滝のおと山門出でてしばらく聞こゆ

み仏の箔の剝げたる胸もとは願ひせつなる人ら触れしか

昼過ぎて力いくばくゆるむらし梅は真白き花びらこぼす

人の手に渡りし生家とほく見て林檎の花の咲く里を過ぐ

去り際のたまゆら口を結びにし人はいかなる言葉呑みけん

闇すらも離島の凪は揺るがすか南十字星明滅やまず

山みちに夫の摘みたるひとり静いくたびも見て夕餉ととのふ

谷を吹く風強ければ大滝は重さ失ふさまに傾く

庭先にトマトも植ゑて新しき土地に息子の慣れゆくならん

必然の余剰と言はん鉋屑午後の日ざしに温まりをり

白無垢

天井を張りゐたる人いくたびも腕《かひな》さすりてお茶を飲みをり

夕光を啄むさまに雀らがたんぽぽの種ひたすらに食む

頂を目指さぬゆゑに稚児車咲くかたはらの風を愉しむ

願ひもつあまたの人の踏みたりし参道の石こもれびに照る

午後の日の光あふるるわたつみへ蛇行を終へてゆく川のみゆ

歯を抜きて来たる夫が年ごとに不自由増すとしきりに託つ

やはらかくわが握りたる白飯の微妙にかたち違へてならぶ

咲き匂ふ花を伴ふ心地して白無垢まとふ嫁の手をとる

わたつみの寒き光を凝らせて渚に波の花が吹かるる

梵鐘の長き響きは去年今年つなぎて寒き街空わたる

今生のありがたきかな渾身のちからを込めて梵鐘を撞く

ふるふると魚の煮凝りふるはせて昨夜の厨の冷え掬ひをり

菜の花畑

らちもなく雪降りゐしが夕づきて茜の滲む雲やはらかし

いくばくかうつしみゆるぶ感覚のありて雪消の道歩みゆく

朝空の幾羽の鷺がそれぞれにところ定めて汀に降る

雪残る田に降りくる白鳥が不意にかぐろき影を伴ふ

風邪癒えし夫を誘ひ淡雪の降りくる午後の花屋を巡る

そら高く鳴きてひばりが落下する光あふるる菜の花畑

散り敷ける桜のはなを舞ひあげて寒き夕べの風の道みゆ

きのふけふ雨に緩める庭土の匂ひとともに雑草を抜く

龍の眼

億年の海の記憶をとどめゐんうすくれなゐにひかる岩塩

いづみより流るるみづに白白とひすがら揺れて梅花藻の咲く

潮の香のたたんばかりに日焼けして遠き島より息子帰り来

天井の大いなる龍描かんと夫は筆もつ鉢巻をして

龍の眼を描かんとして手をあはす夫にならひわれも祈れり

山峡のそばのま白き花畑が日暮れとなりてふくらむごとし

藍ふかき海へおほきく山裾を延べて聳ゆる鳥海山は

進路まだ定まらぬ子の読みさしの『竜馬がゆく』が卓上にあり

さながらに連帯失せて吹かれ来し銀杏の一葉一葉明るし

めつきりと軽くなりたる母乗せて車椅子押す病院のなか

春疾風

ひとたびは萎えし菜の花寒の水吸ひて厨にその葉を広ぐ

日の暮れの時間たゆたふ感じにて白き峰峰くれなゐ淡し

マスクして佇むわれにいくたびも目を凝らしつつ友が近づく

鬱鬱と過ぎにし日日の集約か帯状疱疹うつしみに出づ

花水木瓶に挿す間に零れたる黄のやはらかき花を拾ひぬ

春疾風やみたる午後の砂浜に寒きひかりの起伏が続く

野火のあと黒き野原の再生はすみやかにして蕨萌え出づ

みづからの花の光にかぎろひて桜の老樹丘にたちをり

池の面に浮かぶ桜の花びらをあるときは食むあぎとふ鯉は

茄子の苗植ゑ来し母が充ちたれる表情をして顔の汗ふく

凍裂の傷

背おはれて医院に行きし日をおもひ薄くなりたる母の背流す

いづれかがある日残され炊がんと厨に入りて夫つぶやく

雪しろをみちびく峡の温水路きらめきながら植田につづく

黒百合の花群わたり来し風が湖に至りてさざなみとなる

滝のおと途絶えし道によみがへるごとく聞こゆる木木の風音

凍裂の傷をみづから癒したるとど松に萌ゆあはき緑は

海霧の深く流れて街灯はおのれを保つばかりにともる

茫茫と峠の木立流れゆく真昼の霧は何処に果てん

顔知らぬ祖父の嗜好を受け継ぎて子は豚汁に七味振りをり

息子より貰ひし帽子被りつつ夫いく度も鏡をのぞく

海霧

仕事なきこの地を去りてゆかん子と言葉すくなく食卓かこむ

ひらきゆくみづからの音聞きゐんか白光冴ゆる牡丹の花は

坂道の空をせばめてきのふよりけふあかしあの花ゆたかなり

歓声のもはや届かぬはるけさにサーフィンをする幾人が見ゆ

ふつふつと独りごと言ふありさまに梅花藻が生む酸素の気泡

海霧をともなふ風にねむの木はうすくれなゐの花を揺り上ぐ

ほの暗き森の奥処の光明と思ひて滝の幾筋あふぐ

新しき前垂れつけて道端に地蔵が秋の海光を浴む

病癒え友の育てし大根のみづみづとして両手に重し

雷の予兆ならんか不規則に霰の屋根を打つ音たかし

屋号

寺に来て屋号に呼ばれゐるわれは心なごみて祖らを思ふ

屋号にて呼び交はしつつをみならが親鸞講の斎の膳作る

阿弥陀仏在す堂内たからかに反戦の歌響き渡れり

岬丘に一本たてる北限の椿にけふも雪降りつづく

太鼓打ち飛び跳ねきたるなまはげの荒き息つぎ近近と聞く

怠惰なるわれ戒めてなまはげの落しゆきたるわらしべひろふ

一頭の白くま檻に飼はれゐてもの憂きさまに遊具転ばす

わが肩を揉みくれし子が按摩器を買ひ求め来て家を離れぬ

うつしみの病癒さんと峡の湯にともに過ごしし人の今なし

地獄とふ谷に療養する人ら熱き地の面に横たはりをり

泥のにほひ

きぞひと日荒れたりし海いたはらん春の光が波にたゆたふ

ひたすらに田畑耕し生きて来し叔父のいかつきみ骨を拾ふ

菜の花の黄のかがやきの続く道逝きにし叔父をみ墓へ送る

ぬかるみを避けんと踏みしわたすげを心痛みてふたたび思ふ

群生の水芭蕉の葉の乱るるはこの森の熊が芯食ひしとぞ

うちつけに雹あらあらと降り来れば泥のにほひが湿原にたつ

雨あとの雲のあはひにたつ虹の淡淡としてそれとしもなき

緑濃き苔のひろがりことごとく泉のみづの光をまとふ

海に日の沈むやいなやなめらかに時を繋ぎて月照り初む

丘陵の形おぼろにたちこむる霧動かして朝の日がさす

不揃ひの豆腐

わが癒ゆる力とならん眼に満ちて光増しゆく朝の空は

頒ち得ぬ病苦抱へておのおのが夜の病室のカーテンを閉づ

方言を媼に習ふ医師のゐて回診の部屋笑ひあふるる

不揃ひの豆腐にあれどわがために夫のつくりし味噌汁うまし

浄らなる光のもとと思ひつつ雪後の鳥海山に近づく

うからの喜びのこゑ聞きゐんか微笑みながらみどりご眠る

麻酔なき戦地に手術せしといふ父の腹部の傷ゆがみゐき

術もなく想ひのつのりゆくさまに夕べの街に雪降りしきる

いくつもの病を越えて九十の生日の母感謝を言へり

暗き雲ひろごる空に憂き日日の出口のごとく青空ひかる

閉ざしゐし心いつきに開くさま沼の氷のあとかたもなし

夜ふけて飛ぶ白鳥のこゑ聞こゆやむにやまれぬもののごとくに

白鳥一羽

こもごもに励ましあひて帰らんか白鳥のこゑ遥けくなりぬ

隊列に遅れて飛びし昼過ぎの白鳥一羽寝しなに想ふ

うらはらの想ひまじはるありさまに日は照りながら街に雪ふる

雨あとの光押しつつ丘の木木芽吹きてゐんか青き匂ひす

遠き日の夫が少女に貰ひしとふ桜の咲きて庭の明るし

みづ入れし峡の棚田に夕空の茜がかたち違へて映る

開拓に一生を終へし村人の墓に明るく大桜咲く

唱へあふ和讃しづまる堂うちに再び透るうぐひすのこゑ

残雪の香

結ばれしみくじもろともやはらかき柳の緑ひすがら揺らぐ

ゆたかなる残雪の香と思ひつつ山を移ろふ霧にぬれゆく

雪渓を出でたるみづのひろごりの象《かたち》に群れて水芭蕉咲く

旱魃に苦しむ人ら登り来て築きし水路雪渓にあり

谷あひの滝の響きは春蟬のこゑともなひて青天おほふ

地の中の長き時間を解き放ついづみのひかり諸手に掬ふ

湧き水の冷たき川のうへにたつ真昼の靄に橅林けぶる

乾きたる竹の落ち葉の音ならん篁のなか幽けく聞こゆ

こだはりを捨て得ぬごとく柿の葉をうつ夜の雨ふたたび強し

しろじろと鳥足升麻咲く道をゆきて清水のかがやきに遭ふ

何の花混じりてゐしか草刈りし川辺たまゆら甘き香のたつ

散華

笑顔にてわれを励ましくれし医師重き病を抱へゐしとぞ

ゆくりなく日照雨降り来て黄葉の山に光の粒のたばしる

落葉して峡にやうやくあらはれし滝の光の筋寒寒し

老い母の体ささへて歩みゆく柊の花匂ふかたはら

霜月の御堂に坐してひややけき散華ひとひら手のひらに受く

夕空の翳りを深くまとひつつ街空をゆく白鳥あふぐ

他愛なきことを言ひつつ大鍋に鱈の子炒りを嫁と仕上げぬ

飢ゑしのぐ人食みしとふ松皮の餅たふとびてわれは頂く

いくつかの恙ある身に暖かく沁みてゆきたり除夜の甘酒

梵鐘のひびきをりをりかき消して大つごもりの吹雪の猛る

人人と祈りつなぎてともしびの明かきみ堂に年の瀬を越ゆ

雪満つる空わたり来し白鳥のかげつぎつぎに湖へなだるる

月の夜のほのかに青き雪きしむ音たのしみて一人あゆみ来

雪降る影

風雪のつのる夕べは切れ切れに白鳥のこゑ沼より聞こゆ

幾日のときの重さか道端に積みて締まれる雪塊はこぶ

雪原の雪巻き上げて吹く風に竹の林が大きくゆらぐ

ほの暗く空と海とを繋ぎつつ雪降る影が沖を移ろふ

ほしいまま乱れて闇を過りゐん吹雪のおとを聞きつつ眠る

青あはき雪原の果てぬくもりの標のごとく人家の灯る

氷張る川面の冷気しのがんか身を寄せ合ひて浮かぶ鴨らは

白鳥の列の乱れて三月の雲あつき空にはかに撓む

隣あふえにしのありて代絶えし墓に彼岸の花を供へぬ

雪しろを遠くはこびて来し川の終はりて海とひかり溶けあふ

丘わたる冷たき風に冴え冴えと小梨の白き花花ひかる

湿布

築地市場夜の地下道に滞る魚の匂ひをまとひて歩む

すぎゆきの時間のなかにゐるごとく若者つどふ店に食事す

日曜の静けき築地界隈に朝の寺の鐘の音ひびく

慣はしといへど火葬のあはひにて飲食するはさびしきものを

いましがた時雨よぎりて匂ひたつばかりに虹が街空にたつ

つつましく柊の花咲きゐしが雪の幾日を経て終りたり

稲薪われらを負ひし老い母の曲がりたる背に湿布を貼れり

間を置きてひかりを開放するごとく松が朝の雪こぼしをり

おもむろに雲をひらきて耀へり魂還るとふま白き峰は

をさなごのごとく帰るといふ母を宥めて夜の施設を出で来

うつしみに積みたる雪を払ひつつともしび明かきみ寺に入る

蠟燭

震災に安否不明となりし子を訪ねて雪の峠越えゆく

蠟燭の火を囲みつつ握りたる塩辛き飯うかららと食ふ

いかづちのごとくに土の響かひて夜更けの街が余震に揺らぐ

人人のかけ替へのなき生活のありたる街ぞ瓦礫累累

鎮魂のごとく朝の雪は降る津波に破壊されたる街に

震災の瓦礫散らばる街川に白鳥一羽こゑなく浮かぶ

被災地に生きゆく子らと仰ぎみる輝き放つ満天の星

うるほへる喉を喜び老い母が加湿器くれし孫の話す

ピアスせる青年医師が声たかく耳遠き母励ましくれつ

山峡の空に満ちたる星星のうるほふ春の光をあふぐ

風のみち捉へたるらし白鳥が飛びゆく空に隊列を組む

虎杖の芽

紅あはく鳥海山を染め上げて大いなる日が海に入りゆく

復興のために働く子へ送る野原に採りし虎杖の芽を

畳なはる菜の花の丘ことさらに光る彼方は風渡るらし

草むらへ病葉運びゆく蟻の雨後のおこなひ屈みて見けり

星のなき夕べの闇を騒立てて丘に寄せくる海の鳴るおと

あかしあの咲くべくなりてきのふけふ林の緑あはあはとみゆ

あかしあの並木を抜けて来しバスか屋根に花房乗せて走れる

はつなつの葦原わたりゆく風の優しき音に添ひつつあゆむ

猛暑ゆゑ米の等級下らんと入院中の老人なげく

盂蘭盆の夕かたまけて杉森に鳴くかなかなのこゑのか細さ

震災後幾日経しか蠟燭の灯に浮く子らの顔やつれゐき

再雇用されしと告ぐる被災地の友人のこゑ電話にはづむ

政党の違ふ宣伝カーがまた寺の広場にならびて停まる

古き石垣

波うねるかたちに群れて海鳥は岸に寄せ来る魚狙ふらし

荒波の寄せくる岸に浜畑を護りて古き石垣残る

寒の日の浜辺の丘に建つ墓のみなひとかたに雪の張りつく

国道に絶えたる冬の海鳴りがみ寺の庭にふたたび聞こゆ

おもむろに雲の移りて沖合に射しゐしひかり渚を照らす

在りし日の姑の愛でし梅添へて彼岸の供花を残雪に挿す

甦るごとくに波のあはひより飛ぶ海鳥の翼かがやく

みづ入りて光のもどる里の田にかはづは低く鳴き始めたり

濁りたる支流のみづをここに入れ速度増すらし春の大河は

流れくるゆふべの霧にほの白き山の桜はひかり溶けゆく

潮泡

われの手に体さすられゐる母が亡きおほははの思ひ出を言ふ

昨日着きし白鳥たちのこゑならん朝霧こむる沼より聞こゆ

光りつついちやうの葉散る祖母達の墓遠からず雪に埋もれん

砂浜に凍りつきたる風紋の昨日の時間が朝の日に照る

夜の風の荒びしかたちまざまざと渚も畑も白き潮泡

帰り来る子らを待ちつつ遠き日の母のごとくに鰊を漬く

村人の願ひこもれる塞ノ神辻に置かれて雪被きをり

澄み透る音伴ふとおもふまで雪やむ空に星のきらめく

家家の土台の残る被災地を土埃あげ冬の風ふく

山並と海の迫れるこの町は津波に消えて人の声なし

廃屋となりたる母の生家への道端に咲く堅香子のはな

雪しろ

かたまりて飛び来し白鳥海峡の空をゆかんと二列になりぬ

国境に関はりのなき白鳥の群が宗谷の沖へ遠のく

池となり川ともなりておほどかに雪代水が原野にひかる

丘に立ち見下ろす原野なほ低きところへ向かふ雪しろ光る

輸血して薄きくれなゐ戻りたる爪の見えつつ息子は眠る

絶食の子を看る口日の飲食にをりをり兆す後ろめたさは

誰ひとり替はる術なき手術後の息子の額に浮く汗をふく

病さへ頂きものと思はんと綴りし手紙友よりとどく

日ざかりの牧場の時間止まるさま木陰の牛ら動くともなし

ひまはりの輝くちから押し返すごとく彼方に雲が湧きたつ

はろばろと

持ちゆける鰰田楽よろこびて臥しゐし母が身を起こしたり

衰へて歩みかなはぬ老い母の足に毛糸の靴下はかす

ゆゑありて遠ざかりゐし親族が今際の母の手を握りたり

たらちねの母の流せる今生の涙ひとつぶ慎みてふく

子の買ひて来たらし栄養ドリンク剤逝きたる母の枕辺にあり

働きてわれら育てし亡き母の意外に太きみ骨をひろふ

末枯れゆく丘の荒草昼すぎの日照雨に濡れて光るかそけさ

母逝きしこの世の冬の夕空をこゑはろばろと白鳥わたる

共共に顔ほころびて報恩講のみ堂にけんちん汁を頂く

寒の日の時を一気に放つさま音高高と屋根の雪落つ

谺して

やり場なき悲嘆のごとく大地震に沈みし土地に水溜まりをり

逃げ込みし人らの声をかき消してこの建物を津波おそひし

こゑもなく世を遠ざかるありさまに宵闇の空白鳥の消ゆ

闘病の一人となりて湯治場に明るく朝の挨拶交す

一期なるこゑのごとくに谺して若葉の山に杜鵑なく

ナースらに励まされつつ病棟の手すり頼りて息子が歩む

おしなべて渚に白きひかり敷く小石の永き累歳をふむ

真夏日の空気揺らぎて湖の彼方の橋がはかなくゆがむ

あかときの闇去りゆけばおのづから草木はみづに影を置きたり

美しき鼻緒の草履編み上げし母の心は充たされゐしか

おほいなる朝の虹を仰ぎをり川辺にたまたま会ひたる人と

原爆の惨を誰かに伝へゐんわれに戻らぬ「はだしのゲン」は

たうとつに逝きたる友の霊前にその息子来て親不孝を詫ぶ

怺へゐし思ひを放つありさまに雨あとの丘蟬の鳴き出づ

水仙

この後は雪に埋もれんふるさとに立冬の陽が惜しみなく降る

落葉松の林を通り来し風が雪の煙となりて野をゆく

台風に船難破して果てしとふをみなの秘話がわが家に残る

禁制を犯して船に乗りしとぞをみなは遠き一人を恋ひて

いにしへの縁によりてこの年も清かにかをる水仙とどく

高熱に苦しむ夫起き出でて除雪するわれを窓よりのぞく

いまここの時間貴きありさまに氷晶ひかる朝の雪原

雪の田のみづからの影吸ひあげて白鳥幾羽空へ飛び立つ

夜すがらの吹雪に枝を落としたる樵の裂け目は黄の鮮やけし

夜の空をこゑ移りきて白鳥が街の灯りにたまゆら浮かぶ

方向を違へる風が雪原にたまたま遭ひて渦を巻きあぐ

霧まとふ漁船のあかり乏しけれおのれ羞しむもののごとくに

街灯に姿うかびてゆきし人ふたたび霧の闇にまぎれつ

みづの面を発ちしばかりの鳥の目に傾ぎて雪の山の照りゐん

霧ふる路

ためらはず集落の川のぼりゆく遠く来たれる鮭たちの影

川をのぼりゆきては戻る一匹の鮭をりなにか逡巡すらし

こだはりを捨てし極みと思ふまで巌の仏の眼差しやさし

亡き母の紫の衣用ひたるお手玉手にし不意にせつなし

遡るあるいは果てて流れくる鮭たちを見て街川を越ゆ

マロニエの並木は深く色づきて霧ふる路に森のごとき香

さながらにけぢめを告げて穭田に音をたてつつ霰の降り来

かの道の紫式部のちひさき実今宵の雪にこぼれゆかんか

車窓より

闘病の息子を篤く看る嫁をけふは連れ出しまめぶ汁食む

声たかく裸参りの唄うたふ宴の酒に酔ひたる兄は

車窓より見ゆる冬海音なくて記憶のなかのやうにしづけし

すぎゆきに誰かが旅を止めにけん列車のグリーン券古本にあり

雪けむりあげつつ丘に風吹きて桜の一樹たちまち遠し

つづまりは孤独ならんか胸深く首埋めて立つ白鳥たちは

山道に流れ出でたる雪どけの水のひかりを踏みつつ歩む

生前の母に貰ひしとふチューリップ知人の庭に明るくひらく

誰か待つやうに明るむ夕暮れの桜散り敷く石のきざはし

お手玉

みづからを岩にほどきてゆくみづが峡の若葉に光をはなつ

息子への土産のなかに初なりの胡瓜二本をもぎ取りて足す

亡き兄の角膜移植せし人の視力もどると知らせが届く

笑ひあふをさなとわれを行き来する母の形見のお手玉いくつ

岬山の林を抜けて粘りもつごときま昼の海光を浴ぶ

浜丘に増えし縁者のおくつきに盂蘭盆の花供へてまはる

道端の木槿の白き花花のけぶりあふまで夕立しげし

ちかぢかと空を満たして星星が光をこぼす山のみづうみ

かりそめの光と音のあふれたる銀座上空月のかげ澄む

ゆるやかに雲の流れて仏塔のうへにさやけく月の照り出づ

欲望のひしめく街のただなかに聳ゆる寺院夜の灯に浮かぶ

Vサイン

落葉して樹相あらはとなる橅の潔斎のさま初雪の降る

だしぬけに雷の響きて燃えがらのやうなる雪が乱れつつ降る

友人の支へありけん難病の息子が山に笑みて写りぬ

ひろき路へだてて歩む若きらがVサインして喜びつなぐ

冴え渡る冬の青空惜しみつつ憂ひいつしか吸はれたるらし

ときのまを息づくごとし目交ひに浮く氷晶の煌めき無尽

頭を垂るるわれらの穢れ払はんと渡る御幣の韻きさやけし

雲間よりもるる朝の日ひややかにこぶしの花と光をつなぐ

歳月のおと

冬の間の菰はづされて白日にちからをさらす石割桜

ひと息を入れゐるさまに野兎が水芭蕉咲くかたはらにをり

あふぎ見る桜の花は暮れ方の空に浸りてほのかに青し

空渡る鳥のごとくに自転車の少年達が声あげて過ぐ

いつさいの彩り捨ててほの白し湿原にたつ朝の虹は

うつしみは透きとほらんか朝露のきらめき渡る草原あゆむ

白白と日に照る噴火の跡を踏む砂さりさりと歳月のおと

ほの暗き闇も揺れゐん風過ぐる月下美人の蕾のなかに

いづみ

目の覚めて人の言葉の甦る昨日の悲しみひきずるやうに
霞の日過ぎて力を得しごとく八手の花芽あきらかに伸ぶ

雨の降る道に散りたる桜葉の艶めく紅を踏みて帰り来

鬱鬱と濁れる冬の街川を響き重たく船がゆきかふ

雨あとの靄押上げて湾岸のビル群冬のひかりを弾く

曇りたる朝の空気をひらきつつ和讃のこゑが堂より聞こゆ

留守番の夫の家事の失敗も聞きて電話の連絡をはる

いちはやく朝の日の射す頂に祝祭のさま霧氷きらめく

降りしきる雪の彼方にかの青きいづみはいまも溢れつつゐん

みづからを曝して雪の野にたてる一本の樹に鳥らにぎはふ

台風に倒れし梅のすぎゆきのま白き花が眼裏満たす

山の端

一切の穢れを払ふありさまに白くまばゆし鳥海山は

機織りて飛び去りしつゝう思ふまで雪原の果て夕空赤し

さくら咲く明るき街にすぎゆきの痛みのごとく雪は降り出づ

少女らの髪を明るくあふりつつ午後の通りを春風わたる

後三年の役につながる逸話聞き笙の秘曲のにはかに親し

熱出でて臥す身に聞こゆ世の外の声のやうなる遠きかなかな

昼過ぎの雨は明るく過ぎゆきて虹ほのぼのと山の端に添ふ

兄の死をきつかけとしてはらからと心を開き長く語りぬ

蔓梅擬

ひたすらに子の回復を願ひけん腎臓ひとつ与へしよ友は

帰りゆく子より貰ひし小遣ひを宵の灯下に夫と分かつ

樹を抱く蔓梅擬の実の赤し日日の沈黙破りしやうに

あるときは意見違へし夫と子がみ寺の龍を描き終へたり

結論の見つからぬまま会果ててみぞれ降りくる夕街あゆむ

連綿と続く時間のときの間ぞわがつく除夜の鐘の音ひびく

灯に明かきみ堂に祈りし人人はまた新年の夜の闇に消ゆ

雪けむり炎のごとく噴き上げて鳥海山はひかりを放つ

うち続く霧氷のひかり展きつつ朝の山の雲上昇す

なにもかも赦すとばかりひろがれり雪雲消えし青深き空

貧しさのゆゑに賜るがんばりと言ひて仕事へ兄は出でゆく

ラグビー場

三月のゆるぶ大気に輪郭の溶けたる太陽海へ傾く

ひと息に筆走らせてまなうらに宿れる山を夫は描く

追憶をうながすごとく甘やかに丘の桂の若葉匂ひつ

方位みな光あふれてきららかに牧野を渡る五月の風は

大型店ありし空地に咲きみちて咽ぶばかりにあかしあ匂ふ

ひかりある若葉のこゑと思はんか軽やかに湧く鳥のさへづり

逆境をはね返すさま被災地のラグビー場に歓声あがる

約束を果さんがため手と足に湿布を貼りて夫は描く

山霧

軽やかにおのれを解きて裏山の桜の花が風に吹かれ来

鉄塔の半ばにふたり人のゐて互みに確認する声聞ゆ

みぞそばの花のあふるる村の川影ひそやかに鮭らがのぼる

朝の日の射すひとところ山霧の濃淡ゆらぎ光がゆらぐ

天井の龍うごめくと思ふまでみ堂にひびく太鼓尺八

高原の遠き草むらしろがねになびきて風の渡る道みゆ

母の植ゑし柿はたわわに実をつけて秋日を溜むるごとく色づく

駅頭に別れし友が産直の野菜を選ぶ余念なきさま

霧氷

頷きてときに笑ひて法話聞きし人らは落葉降る道帰る

初雪の溶けたる昼の畑隅に積まれしりんだう紫たしか

傾ける冬日を浴びて匂ひたつばかりに湖は光けぶらふ

寂しさの凝れるやうにほの暗き空よりこぼるかそけき雪は

今朝こゑを聞きし白鳥ゐるならん落穂ついばむ幾群のなか

をりをりに波しぶき浴び海岸に人つらなりて鰊を釣る

極寒のひと夜の過ぎて橅林はあまねく霧氷の光みなぎる

かまくらに明かり灯りて幾許か闇の冷気の緩みたるらし

をさなごの救ひを願ふをみならが地蔵の堂に明かりを灯す

深深と雪に埋れてへだてなし生者の家も死者のみ墓も

ひそやかに一人暮しし老い人の家は通夜とぞ灯火あかるし

ひと声

萎え易きわれの心を励まして橅の大樹は風雪に立つ

やうやくに吹雪のやみて小鳥らの声がちひさく林に聞こゆ

ときの間の愉悦にあらん白鳥ら夕べ茜に浸りつつゆく

礼を言ふわれに俯く少年の薄くれなゐの耳愛しきやし

映りゐる星のひかりを封じつつ今宵の湖は凍りゆかんか

やはらかきひと声ありて空をゆく白鳥の群進路を変へつ

まさやかに神おはすべし朝の雪積みて静けき参道のはて

彼岸会の明るきひかりよろこばん寺庭に咲く桜の花と

みづからの時を待ちつつ冬越えし山茶花の花くれなゐの濃し

ほがらかに嫗むきたる牡蠣食めばうしほゆたかに口に溢れつ

池塘群

大津波ありし海面によみがへる朝日の道がかがやき放つ

夕日さす水芭蕉の花みづからを忘るるやうに夕かげのいろ

したたかに風吹く朝やり場なき思ひのごとく湖が波だつ

山道に拾ひし白きえごの花卓の小皿に幾日明るむ

大切に育てて友の剪りくれし海芋の白きひかりを抱く

たましひの再生信じ人のゆきし月山の道雲へと続く

津波にて倒れし木木がスタジアムのベンチとなりて観客を待つ

渾身の力にあらん声の出ぬ君は眼を動かしたまふ

み魂ゆく道を照らさん送り火を囲む人らが夜の闇に浮く

それぞれのかたち異なる池塘群ひとしく空の青さを宿す

詫びを言ひ詫びを言はれていつしかに心の軽き互みといはん

敬老の会に笑みつつ人は言ふ醤油の貸し借りありし時代を

光を延べて

岬より昇る朝日をいま浴びて白極まれり浜菊の花

この海に漂ふ御霊を慰めよ白き浜菊光を延べて

海嘯に流れゆきしが戻りたる観音像に傷あまたあり

夕闇によみがへりたる砂浜の波のひびきはひたすらやさし

霜月の雪を浴びつつさながらに意志つらぬきて桜咲きをり

明け方の時をとどめて湖のかたちのままに霧とどこほる

唐突に日の射す雪の鳥海山荒き音するごとくかがやく

わがめぐり光のさして恩寵のごとく煌めく降りくる雪は

いましがたすれ違ひたる村人の姿を閉ざし雪ふりしきる

人知れぬかなしみのさまほの暗き川が雪降る谷間を流る

野ばら

隊列もこゑも乱れて雪空の白鳥は沼へもどりゆくらし

近づきし白鳥のこゑこの丘にしばし響きてふたたび遠し

わが狭き心のうちと思ひつつ午後の鋭き風音を聞く

いつさいの苦しみ放つありさまに雷とどろきて霰たばしる

送りたる山菜ことに喜べり外出自粛続く日吾子は

みづみづと照らふ若葉の目に沁みて立ち直るべし病のわれも

水底になるとふ村の男らがまなこ鋭く番楽を舞ふ

川越えてほととぎす啼くこゑ届く花の師眠る朝の墓苑に

雨あとの木立を抜けて夕光が吐息のごとく庭隅に差す

かの時の小道のやうに暮れ残る野ばらの白き花のかをれる

よろこびの呼吸のごとく湯気あがる日のさす雨後の杉の木立は

冬芽

冷え冷えと空の青さを展きゐん雪の溶けゆくかの火口湖は

つれあひを亡くして涙ふく友と梅雨のくもりの道に別れ来

手折り来し山百合生けて甦る澄み透りゐしかなかなのこゑ

やりすぎの肥料のゆゑとズッキーニの実の少なさを夫が託つ

あかときの闇を解きゆくかなかなのけふの命の声が聞こゆる

ひそかなる秋に触れたる心地して風の涼しき夕街あゆむ

在りし日の父母を思ひてわれら亡き後をし思ひ仏具を磨く

みづからの傷癒さんと満天星の切株おほふ樹液がひかる

澄みわたる光の沁みて橅林の冬芽はちから蓄へゆかん

あとがき

二〇〇一年の終り頃、「運河」の山中律雄先生の勉強会に入れて頂きました。そこでまずは自分のいままでの詠い方を見直して、二〇〇二年からは「運河」に入会し佐瀬本雄先生に御指導をお願いして参りました。

「ものをよく観て心に感じたことを詠む」——これは私にとってなかなかたやすいことではありませんでした。佐瀬先生は観念的になりがちな私の歌に対して根気よく写実の大切さを説いて下さいました。歌の言葉の選び方には厳しい先生ではありますが、時には励まして下さり、たびたび頭の下がる思いが致しました。

一方、地元の山中律雄先生の会では会員それぞれが一首を提出し、どうすればより良い一首になるのか熱心に勉強し合いました。あるときは簡単に三十一音にするばかりでなく、苦しんで詠むことも必要と先生はお話をされました。歌に深く宿るものを目ざすには大切な課題だと思っております。

この歌集に収めましたのは二〇〇二年の「運河」入会から二〇二〇年までの歌です。この間、父や母を見送り東日本大震災がありました。今思うとあっという間に過ぎた歳月でしたが、歌を詠むことが私にとって生きがいのひとつになりました。歌を続けてこられたのは佐瀬先生、山中先生から御指導を賜ったことと、支えて下さった友人の皆様のおかげです。あらためて感謝を申し上げます。

最後に校正など懇切丁寧にアドバイスを頂いた現代短歌社の真野少様に厚く御礼を申し上げます。

二〇二二年九月

打矢　京子

著者略歴

打矢京子（うちや きょうこ）
一九四八年、秋田県生まれ。
二〇〇二年、「運河」入会。佐瀬本雄氏に師事、山中律雄氏に兄事。
二〇一三年、第二十八回運河賞受賞。
二〇二一年、第九回現代短歌社賞受賞。
二〇二二年、にかほ市芸術文化賞受賞。
日本歌人クラブ会員、秋田県歌人懇話会会員。

現住所　〒〇一五―〇八九〇　秋田県由利本荘市船ヶ台一六―四三

新運河叢書第十九篇

歌集　冬芽

二〇二二年十月二十六日　第一刷発行

著者　打矢京子
発行人　真野　少
発行所　現代短歌社
〒六〇四-八二一二
京都市中京区六角町三五七-四
三本木書院内
電話　〇七五-二五六-八八七二

装訂　かじたにデザイン
印刷　創栄図書印刷
定価　二七五〇円（税込）

ISBN978-4-86534-409-7 C0092 ¥2500E